党益民 著

党益民诗书画

陕西新华出版
太白文艺出版社·西安

图书在版编目（CIP）数据

雪山上的脚印：党益民诗书画/党益民著. -- 西安：太白文艺出版社, 2021.3（2025.1重印）
ISBN 978-7-5513-1917-1

Ⅰ.①雪… Ⅱ.①党… Ⅲ.①诗集－中国－当代②汉字－法书－作品集－中国－现代③中国画－作品集－中国－现代 Ⅳ.①I227②J222.7：

中国版本图书馆CIP数据核字(2021)第024586号

雪山上的脚印：党益民诗书画
XUESHAN SHANG DE JIAOYIN：DANG YIMIN SHI SHU HUA

作　　者	党益民
责任编辑	彭　雯　李明婕
封面设计	郑江迪
版式设计	张洪海
出版发行	太白文艺出版社
经　　销	新华书店
印　　刷	天津旭丰源印刷有限公司
开　　本	880mm×1230mm　1/32
字　　数	130千字
印　　张	8.5
版　　次	2021年3月第1版
印　　次	2025年1月第3次印刷
书　　号	ISBN 978-7-5513-1917-1
定　　价	58.00元

版权所有　翻印必究
如有印装质量问题，可寄出版社印制部调换
联系电话：029-81206800
出版社地址：西安市曲江新区登高路1388号（邮编：710061）
营销中心电话：029-87277748　029-87217872

目　录

第一辑　离天最近的地方

003　高原的底色

028　离天最近的地方

041　高原是我的书桌

043　珠穆朗玛

044　玛尼石

048　转经道

050　雪拉山在燃烧

052　高原秋景

054　秋云

056　秋雨

057　雪莲

060　阿里高原

061　初冬的日头

063　高原的阳光

064　高原蓝

066　拉萨河

067　出墙的葡萄

069　高原落叶

070　拉萨的树

072　山鹰与野兔

076　失眠

第二辑　你抚摸过的钢盔

079　你抚摸过的钢盔

085　狙击手

088　一个兵的桥

089	野营
090	高原冬日
092	冰雪铠甲
099	冈底斯山的呼唤
103	边境线上的古堡
106	一个兵的两座坟茔
110	雪崩
112	弹孔
114	特战女兵
117	无人区里的秘密
118	藏北无名碑
120	一座没有树的城市
124	新兵,你好
127	有一种生物钟叫该出操了
132	边关

133　又见格桑花

140　英雄坡

第三辑　一座害羞的雪峰

143　一座害羞的雪峰

149　酒歌

150　高原的月亮

151　酥油灯

152　等风来

153　情歌

155　细雨中的花

156　群山之巅

157　雪山上的卓玛

160　其布和拉姆

162　高原新娘

166　在路上

168　欠你的，我慢慢还

176　一场没有婚宴的婚礼

179　让爱慢慢融化

第四辑　故乡在东我在西

193　母亲

194　母亲睡着了

199　遥祭母亲

219　乡愁

222　今天，我该给谁打电话

227　故乡在东我在西

234　怀里揣着万斛山

241　三言两语

第五辑　捡拾生活的碎片

247　完美

248　敌人

250　给予

251　莫奈的无奈

253　小说家、诗人及其他

254　拉萨桃花

256　祭母文

258　两棵老树

259　秋千女

260　山野桃花

262　古灯首

263　偶感

第一辑 离天最近的地方

高原的颜色
离天将近的地方
将城永做我的书桌
珠穆朗玛
玛尼石
转经道
雪拉山在燃烧
高原秋景
秋天
秋韵
青稞
撕里落娓
树枝座旧冬
高原的阳光
高地蓝
这种雨
出瑞的葡萄
高原落叶
拉萨的树
山鹰与野兔
失眠

高原的底色

1

高原的底色

是海

只是倒扣在天上

2

面对空寂的荒漠

真想嘶吼一声

让草长出来

3

我想问问珠穆朗玛

你赤裸地站在高处

冷不冷

4

山,雪白

仰卧着

等待日月入怀

5

雪山冰凉

挂在上面的诗

滚烫

6

药王山上的那棵古树

一直弯着腰

向对面的布达拉致意

7

佛门,来去自由

你来,欢迎

你去,不送

8

阿里在哪里

从拉萨

一路往西

9

鸟儿叩叩山石

不为觅食

只为听声

10

雅鲁藏布的乳汁

喂养着自己的孩子

也喂养着别人的孩子

11

日头照在日土

金属时代的岩画

沉睡不醒

12

我想告诉你

孔雀河边没孔雀

只有一个王朝的背影

13

那山牵着一条河

昂首朝前走

走着走着,河丢了

14

山那边是雪

山这边是雨

高原,你好任性

15

我告诉你

纳木错

真的不错

16

羊卓雍

不再臃肿

更加风情万种

17

墨脱的莲花

着一袭白纱

从冬走到夏

18

初夏的墨脱

脱下了雪衣

穿上了雨衣

19

察隅

啥都不差

就差一束花

20

那曲的牧歌好听

不知道

你想听哪一曲

21

山南的拦路猴

不要买路钱

只想找你玩

22

四千三百米的邦达

只要有勇气

谁都可以抵达

23

神山圣湖

拜东拜西

其实拜的都是自己

24

那地方有森林

还有灵芝

所以叫林芝

25

昌都不是都

只是山沟沟里的

一把散乱的星星

26

日喀则很吉祥

南木林的土豆

岗巴的羊

27

风很自由

但她的走向

有时由山谷决定

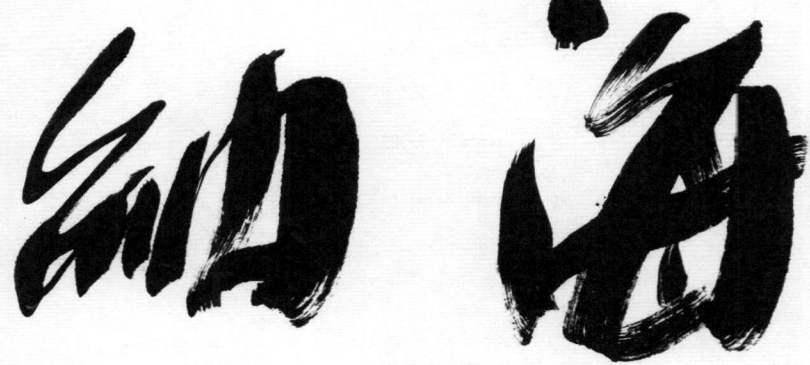

28

路边的藏式土坯房

睁着深邃的眼睛

静静地看着你来我往

29

山南的牧羊女

早上背的是太阳

晚上背回一轮月亮

30

云推搡着朝前跑

怕风追上来

扯破她们的白衣袍

31

在高原种一丛修竹

与格桑花比邻

能不能活是个问题

32

你看,你看

雨中的格桑花

那忧伤的脸

33

高傲的雪莲

有时也会侧着身子

给寒风让路

34

雨给河拭泪

云把山抚慰

杜鹃贴着草地飞

35

无论是祥云

还是乌云

都有一腔泪

36

雅鲁藏布江走累了

在大峡谷盘腿坐一坐

然后,继续朝前走

37

拉姆拉措的白唇鹿

好像刚从雪堆里拔出嘴巴

还没来得及擦干净

38

野驴再快,跑不过风

鹿角再长,顶不了天

兔子腿短,能翻过山

39

面对千年雪山

那只白头鹰

愁白了头

40

白云飘过来

推了推红红的月亮

看她酒醒没有

41

高原的月亮涂了防晒霜

没有被太阳晒黑

她却晒黑了夜

42

雨后的桃花

像刚哭过的女人

弄花了的脸

43

草原上的姑娘

不喝青稞酒

怎能跳锅庄舞

44

雪拉山像倒扣的碗

真想把它翻过来

将青稞酒装满

45

怒江峡谷

很长,很深

如同地球的伤口

46

惹角湖

一只高高举起的酒杯

想把月亮灌醉

47

米拉山

极像一粒米

被尼洋河日夜淘洗

48

天很低

我不敢抽烟

怕把天烫个窟窿

49

我一咳嗽

夜就哆嗦

一盏灯,到天明

50

云,不动

不是累了

是在等风

51

指向天空的雪山

极像一把刀

把蓝天劈成两半

52

藏羚羊

比黄昏还黄

穿行在古老荒野上

53

黑颈鹤,黑颈鹤

拉萨河那么清澈

为何不洗白你的黑脖

54

鹅卵石

不知道你经历了什么

被谁打磨得如此圆滑

55

无人区的石头

一些散乱而生僻的词语

只可惜,无人对话

56

为了让树长得更高

我给它挪过三个地方

结果,它死了

57

缺氧,假装睡着

但梦不会骗人

依然清晰

58

如果世界惹了你

你不要生气

也许世界就是你

59

朝左睡,朝右睡

平躺着睡

能睡着就好

60

我在雪山上

没有找到一片树叶

却找到了诗

61

高原缺氧

失眠的时候

诗会悄悄走来

62

高原不需要诗人

每一个牦牛蹄窝

都盛满了诗歌

63

你坐在沙丘上

半截身子被掩埋

你在等谁

64

雪域是放牧血性的地方

假如你的血不够热

我劝你,别来

65

雪域这本书

太阳第一个阅读

最终被黑夜悄悄合上

离天最近的地方

1

高原的太阳

离你很近

能透视你的灵魂

2

那棵枯树

伸长脖子问天空

啥时候下雨

3

干涸的河床

渴望雨来滋润

却被一场雪掩埋

4

戈壁滩很平

阳光下

没有阴影

5

哨兵走下山冈

拎着几颗星星

去唤醒沉睡的黎明

6

冈仁波齐踮起脚

想看看珠峰身边

有没有白云缠绵

7

无人区里

能听到一声鸟叫

那该多好

8

人迹罕至的地方

看见一只小鼠兔

都想打声招呼

9

走过沙漠

脚印被风抹平

好像没有走过

10

云端上的路

探头朝下窥望

看看是否有人上来

11

山挨着山

石头抱着石头

风牵着风的手

12
白昼寂静

黑夜里

藏着喧哗的梦

13
你在山下,月亮在山上

你在山上,月亮在天上

你在高原,爱人在远方

14
高原上的爱情

可以爱着生

也可以爱着死

15
白天兵看兵

晚上兵看星

看着看着,就退伍了

16

阿里的退伍兵

从寸草不生的山冈下来

抱着一棵树,哭了

17

拉萨河水很清

掬了一捧又一捧

洗不掉脸上的高原红

18

两山对峙,风来风往

调解了亿万年

仍无结果

19

仰头看天

看见一只鸟飞过

再也没有看见第二只

20

月光再温柔

也抚不平

额头的皱纹

21

站在雪山顶上

扯开嗓子唱

无人欣赏

22

氧气不足

深吸一口

换来一阵咳嗽

23

淌血的月亮

蹲在雪山顶上

等待太阳来救援

24

闪光的青春

散落在草地上

后来,被雪收藏

25

荒原上

不会迷路

因为没有路

26

月亮爬上山顶

弯着腰,喘着气

真想为她捶捶背

27

天空一贫如洗

直到雪从天降

才改变窘迫的状况

28

从高原下来

下意识地

抖一抖肩上的雪

29

回到内地

氧气扑在脸上

深呼吸，享受醉氧

高原是我的书桌

高原是我的书桌

日月为我研好了墨

手握冰峰

面对圣雪

我知道,该写什么

珠穆朗玛

你从远古走来

穿越洪荒混沌

你走累了

坐在地球之巅

吞吐日月

咀嚼星辰

玛尼石

那些石头上

刻着六个字

唵嘛呢叭咪吽

血红,滚烫

如同刻在心上

每一颗都是一个祈望

堆在一起

就是一道心墙

永不风化的信仰

那些石头

是殉葬的格桑梅朵

开放在朝圣的路上

那些石头

是菩提树上落下的坚果

敲打着天堂的门窗

在离天堂最近的地方

人来往，云飞扬

石无语，风在唱

善己

转经道

转经道的红墙上
挂满了虔诚的目光
古老的石板路
被胸膛磨得发烫
风中的经幡
昼夜不停地吟唱

雪拉山在燃烧

寒风如刀

划破了高原的棉袄

黎明一脸血红

我看见

雪拉山在燃烧

高原秋景

赤裸的蓝,惊心的红
坦荡的白,多情的风
构成高原独特的秋景

悦目耽心

秋云

秋天的湿云

满腹委屈的样子

沉沉低垂

一句宽慰的话

就能让她掉下眼泪

秋雨

往年这个时候

高原的秋雨

早已偃旗息鼓

把天空留给了风

今年的秋雨

不愿草草收兵

举着湿湿的旗

左冲右突

在天空厮杀得

电闪雷鸣

山顶观战的初雪

沉默不语

正在侧耳倾听

冬天渐近的脚步声

雪莲

你是飞落在雪山上的
一只白色凤凰
傲视群山，沐浴雪霜
白云是你流动的营帐
风刀刻出你惊艳的模样
你兀立在红尘之上
坐地成佛，口吐芬芳

高山

阿里高原

我在你干瘪的胸脯上
捡到一个海螺
我分明听到了
海的轰鸣
海螺
就是你的出生证明

当初,是谁惹恼了你
让你一怒冲天
将海水泼洒得一滴不剩
你是一条不屈的硬汉
赤条条地站在寒风之中

宁愿寸草不生
傲然屹立在世界屋脊

初冬的日头

秋天在河里洗澡
初冬的日头
趴在山上偷窥
哈出的热气
把山顶弄白了

高原的阳光

阳光虽好

但过于热情

也是一种灾难

高原的阳光

会剥下你的面皮

风干成紫红的岁月

高原蓝

那片纯净的蓝
是上天赐给高原的
一匹昂贵的绸缎

内地繁华的都市
却把好好的一袭蓝衣
穿成了灰布衫

拉萨河

看似欢快地流淌
却难掩心中的忧伤
忍不住回头张望
北方的念青、羌塘
雪山,毡房
满坡的牛羊
日光城炙热的阳光
晒不干泪湿的衣裳
留恋八廓街的桑烟
布达拉的红墙
可命中注定
要汇入雅鲁藏布江
奔向遥远的地方

出墙的葡萄

秋,走累了
慵懒在半道
没有蝉鸣
不闻鸟叫
阳光流泻在树梢
墙头悄然爬出
一串紫红的葡萄

高原落叶

多情的阳光
牵着秋的衣裳
朝着冬天奔跑
落叶缤纷
如同归巢的倦鸟
一只又一只
扑向大地的怀抱

拉萨的树

门前有几棵树

很老很张狂的样子

乍一看

仿佛安塞乡亲在打腰鼓

又似牧人喝醉了青稞酒

跳着欢快的锅庄舞

不,那是树心起风了

用内在的力量

抗击高原缺氧

不不,那是铁血战士

正在擂响戍边的战鼓

山鹰与野兔

山鹰很有耐性

盘旋在半空

等待猎物出现

野兔看到鹰的阴影

躲在洞中一动不动

勇敢与胆怯

智慧与凶猛

到底谁输谁赢

这事,还不一定

失眠

高原之夜

时间的嘀嗒声

偷走了我的睡眠

我的心啊

时而明亮

时而无光

如同远方的灯火

在风中摇晃

黑夜如此漫长

何时才能天亮

第二辑

你抚摸过的钢盔

你抚摸过的钢盔

狙击手

一个兵的桥

野营

高原冬日

冰雪铠甲

冈底斯山的呼唤

边境线上的古堡

一个兵的两座坟茔

雪崩

弹孔

特战女兵

无人区里的秘密

藏北无名碑

一座没有树的城市

新兵,你好

有一种生物钟叫该出操了

边关

又见格桑花

英雄坡

你抚摸过的钢盔

1

你抚摸过的钢盔

戴在我头上

不让死神靠近

2

我有两个军用水壶

一个有枪眼

一个没有

3

雪山下有两座坟茔

一个是你

另一个还是你

4

你墓碑前的雪真干净

我不忍心踩上去

只远远地敬了一个军礼

5

西西是条狗

驯犬员退伍后

它呜咽了好几宿

6

兵在高处

云在低处

思念在远处

7

对着胸靶开枪

胸靶忍着痛说

兄弟,再来

8

高原女兵

脸红，唇紫

她们说，省了胭脂

9

英雄坡下

河水滔滔

流的都是英雄泪

10

高原兵的英雄花

不在胸前，而在脸上

开了一朵又一朵

11

部队穿越无人区

不见一根草

也不见一只鸟儿

12

鹿角,羚角,牛角

弓箭,大刀,长矛

世上纷争,何时了

13

雪豹卧在冰川上

正在想

谁是明天的干粮

14

高原武装越野

胸闷,腿软

英雄气短

15

倔强的新兵

咬紧牙关,坚持坚持

把青春咬出一道印痕

16

棕熊与哨兵相熟

深夜潜入炊事班

自己招待自己

17

无人区里

兵和狼相遇

相安无事

18

我走过无人区的某个脚印

也许是人类留下的第一个脚印

可惜风沙很快就将它抚平

19

边防路有多长

有几条

巡逻兵全知道

20

鹰落在雪峰上

不是想筑巢

只是飞累了

21

探亲回家

儿子拉开门

问,你找谁

22

我把心掏出来

放在你的墓碑上

想陪你多聊一会儿

狙击手

心律比常人慢

耐力比常人强

你们把自己变成

一丛草

一堆雪

一块沉默的石头

人枪合一

一枪毙敌

需要精准度

更需要忠诚度

时间一秒一秒

滑过冰冷的枪膛

屏住呼吸

等待敌人出现在枪口

延浩

一个兵的桥

山上有座桥

很小很小

守桥的那个兵啊

并不孤单寂寞

从早到晚

看云朵嬉闹

看雪花飘飘

听风在山谷呼啸

自己跟自己说话

一个人也热闹

野营

野战归来

夜色正浓

霜雪在战衣上

凝结成梦

山河寂静

整个世界都在聆听

战士疲惫的鼾声

高原冬日

山是白的

河是白的

路是白的

路人哈出的气

也是白的

云是白的

羊是白的

牦牛是白的

赶牛羊的姑娘

回眸一笑

牙是白的

雪山上站岗的兵

却是绿色的

蒼山遠

冰雪铠甲

从踏上边关的那天起
铠甲就在骨头上生长
一天一天,坚硬异常
铠甲冰凉,热血滚烫

雪山轰鸣
雷霆万钧的雪崩
刺破黎明
助阵雪域鏖兵

太阳离得很近
如一盏点燃灵魂的灯
青春在冰雪间沸腾
照亮雪域高原的天空

宁让生命透支

不让使命欠账

苍穹为屋冰当床

高原缺氧又何妨

雪线之上

有一种威胁

不是敌人的子弹

而是时间的刀刃

穿过铠甲的缝隙

在勇士的胸膛上

刻下勇敢与坚强

生命禁区里

生与死的距离

在一呼一吸之间

心脏的一起一伏里

掩藏着生命的秘密

铠甲再硬

手中没有刀枪

一切都是虚妄

想要和平

就必须拿起武器

正合与奇胜

考验兵家的智商

向死而生

是勇士最后的荣光

现代战争

全域聚优

速决制敌

勇士需要智能化

更需要冰雪铠甲

这道精神的闪电

是战争的制胜密码

铠甲比山还硬

使命在肩头嘶鸣

冰峰就是刀锋

出征，出征

离别时

独坐在雪坡上

沐浴旷野寒风

俯瞰冰河如梦

我用滚烫的躯体

拥抱你冰凉的墓碑

磕开一瓶烈酒

兄弟，干杯

让我们就此别过

来生再会

铠甲，铠甲

身体的另一半

如今要撕下它

怎不痛裂肝肠

骨头从身体里面碎响

独白

雪域静谧而悲伤

华发如雪

身板似铁

旗杆一样挺立

向军旅告别

回望皑皑群山

留下最后一瞥

战歌呼啸

军旗猎猎

解甲归田

把日子摁进故土

用无尽的追忆

催生铁血柔情

老兵不想铸剑为犁

只想在出生的血地

种一垄星月

照亮梦回边关的征衣

冈底斯山的呼唤

冈底斯山啊

我又一次

攀上你的峰巅

我用目光

抚摸你沧桑的容颜

我听见你

深沉的呼吸

一声声呐喊

那一刻

群山静穆

仿佛撕裂亘古胸腔

喷吐出炽烈的岩浆

冈底斯山啊

你这万山之主

到底在呼唤什么

呼唤唐古拉

呼唤莽昆仑

呼唤巴颜喀拉

呼唤喜马拉雅

呼唤峨峨众山

在离天最近的地方

你们以战神的姿态

列阵成行

如同铁壁铜墙

边境线上的古堡

六百年的古堡

骨头很硬

任枪炮呼啸

遍体鳞伤

陡立不倒

白云抚摸残垣断壁

鸟儿在弹洞里筑巢

夕阳西照

一群岗巴羊

在寂静的山坡上

啃食着秋草

血 铁

一个兵的两座坟茔

一个人可以死两次

以前我不信

自从你走后

我信了

亲爱的战友

你走得如此匆忙

没有留下一句话

来不及喊一声爹娘

尽管有一千个不愿意

但我仍亲手将你埋葬

站在你的两座坟茔旁

我无比悲伤

你还很年轻啊

青春还没来得及绽放

就凋零在冰雪边防

放心吧，战友

你的母亲

就是我们的亲娘

我和战友们

会替你守好边防

則剛

雪 崩

你在高原还好好的

回到内地却突然病了

就像雪霁之后

才会发生雪崩一样

听说你病得很重

听不见亲人的呼唤与哭声

高原是一把钝刀

一天又一天

一月又一月

一年又一年

一直在无声地伤害你

只是你不知道

或者装着不知道

你照样巡逻放哨

照样野战奔跑

照样一脸憨笑

照样对远方的妻子说

别牵挂，我很好

你还年轻啊

才三十七岁

两个女儿还小

一个七岁

一个还在襁褓

今年春天

你守卫的地方

没有雪崩

而我听到你的消息

无语泪崩……

弹孔

每一颗子弹

只要冲出枪膛

都会留下一个弹孔

透过弹孔

能看见死神的目光

特战女兵

校园里

你曾是娇娃

战场上

你凶神恶煞

一枪毙敌

连眼都不眨

从前你美目秀发

现在你一脸豪侠

战靴踢倒山

狙枪轰天塌

铁甲战服里

掩藏着青春芳华

从女神到战神

一路洒下多少泪花

青春，已凝结成子弹

压进了祖国的枪膛

随时准备击发……

无人区里的秘密

谁都知道

走长路脚上会起泡

可是很少有人知道

坐车也能坐出脚泡

这个秘密

被无人区里的兵们

深藏在漫长的巡逻道

藏北无名碑

那曲烈士陵园里

有许多无名的墓碑

墓碑的主人是谁

家在何方

谁是他们的亲友

面对这些问号

我泪水长流

这样的墓碑有多少

我怎忍心去细数

数也没有意义啊

还有一些战友

连忠骨也没有留

他们融进了高原的冻土

念青唐古拉

就是他们挺拔的钢骨

一座没有树的城市

三十多年前

我们把公路修到你的门口

你的庭院里没有一棵树

只有低矮的土坯房

以及飘香的青稞酒

现在,我站在你的面前

你可记得当年那个筑路兵

如今,我老了

而你却越活越年轻

高楼林立,火车穿行

车窗上挂满了好奇的眼睛

但我仍然看不见一棵树

不屈的那曲,这不怪你

你挺立在羌塘高原的额头

抵挡在无人区的风口

一年一年栽下的树

也会一年一年被风刮走

你是青藏线上的一个苦瓜

据说文成公主曾在此逗留

你的天空很蓝

但氧气却十分稀有

胸闷，失眠，难受

夜里含着"思诺思"

也睡不了几个钟头

从你这里向北

是冰封雪裹的唐古拉

向南是圣地拉萨

向东是巴青、荣布、雪拉

多灾多难的那昌线啊

是你嘴里流出的一道苦水

我们当年就是喝着它

用生命筑就这条冰雪之路

哦，云端上的雪拉山

我的《雪祭》诞生的地方

至今还掩埋着我亲爱的战友

不不，谁说那曲没有树

那一丛丛橄榄绿

不就是流动的树吗

他们有的走了又来

有的变成了墓碑

再也没有走

新兵，你好

恰青春年少

将绿色的梦想

塞进背包

挥泪告别爹娘

千里迢迢

奔赴边疆前哨

簇新的军装

稚朴的微笑

见了谁都叫班长

干啥事都喊报告

从前的任性与胡闹

压缩成方块与线条

五湖四海

南腔北调

睡觉头挨头

出操脚跟脚

老班长其实并不老

却跟妈妈一样唠叨

夜半悄悄掖被角

稍息，立正

格斗，会操

五公里武装越野

跌倒了，爬起来

继续向前奔跑

班长说，好样的

敢打必胜，猛如虎豹

才是军人真正的荣耀

授衔仪式上

新兵齐声高喊

祖国，我们向您报到

有一种生物钟叫该出操了

退伍后的第一个早晨

老兵按时醒来

耳畔仿佛响起了军号

猛然坐起

屋内寂然无声

茫然四顾

不见了大通铺

不见了行军囊

不见了小山东

不见了小沈阳

不见了小矮胖

不见了老班长

他们都去哪儿了

窗外鸟儿悄然飞过

屋内温馨难掩忧伤

忽而想起

昨天离队时

敬最后一个军礼

习惯地举起手臂

却发现没了肩章

只有点点秋雨

滴落在肩上

诉说着战友情长

那一刻

老兵眼窝一热

脸上两行清凉

老兵身在故乡

心却难以归仓

窗外一点点儿变亮

父母还在梦乡

哦

我退伍了

退伍了

退伍了

再也听不到歌声嘹亮

再也听不到正步铿锵

再也不用天天上操场

再也不用夜半去站岗

我退伍了,该放松了

可是心里为何如此空荡

青春都去哪儿了

留在了营地沙场

留在了猎猎战旗上

短暂的军旅

我们学会了成长

我们无憾

我们荣光

军旅画上了句号

让我们另起一行

永葆军人本色

续写人生华章

如果有一天祖国召唤

我们将重整戎装

再上战场

边关

疲倦的风儿

歇息在雪坡上

夕阳走下山冈

黑夜开始巡防

星星如萤火虫一样

在哨兵警惕的目光里

无声飞翔

又见格桑花

想当年

血气方刚

穿上绿军装

绿皮闷罐车咣当咣当

敞篷军车醉汉般摇晃

向西

向西

向西

朝着离天最近的地方

呼吸急促

头昏脑涨

一路呕吐又何妨

怀揣滚烫的梦想

八百秦子进西藏

聲遠

乙年春月
岜民

松静山

战雪崩

击野狼

烧牛粪

卧冰床

热血凝结成霜

将忠诚凿在冰峰上

一介书生

百炼成钢

寒风撕去了稚气

龟裂的脸膛闪着藏光

酥油灯

野营帐

上马驰疆场

下马思爹娘

身在苦中不知苦

万户灯光暖戎装

战旗猎猎

任泪飞扬

浩雪埋忠骨

将士守边疆

铁马冰河平常事

边关明月照柔肠

如今鬓如霜

老兵返西藏

漫长的进藏路啊

每一公里都有战友的英灵

我怎忍心用脚去丈量

我匍匐在冰雪之路上

聆听战友没有讲完的故事

你们没有走远

你们活在我的书里

《雪祭》

《一路格桑花》

《用胸腔行走西藏》

……

十本书

围成血色道场

我回来了，亲爱的战友

点一支烟祭奠你

捧一把雪祭奠你

安息吧，亲爱的战友

我们会让高原的格桑花

开得更加艳丽芬芳

英 雄 坡

察隅河,察隅河
河边有道英雄坡
滔滔河水流不尽
争把英雄故事说

察隅河,察隅河
格桑花开满山坡
杜鹃啼血唱英雄
思念无名小阿哥

铁血战士呀拉索
赤胆忠心守山河
疆土稳固呀拉索
试看谁敢犯中国

第三辑 一座害羞的雪峰

一座害羞的雪峰

酒歌

高原的月亮

酥油灯

等风来

情歌

细雨中的花

群山之巅

雪山上的卓玛

其布和拉姆

高原新娘

在路上

欠你的，我慢慢还

一场没有婚宴的婚礼

让爱慢慢融化

一座害羞的雪峰

1

害羞的南迦巴瓦峰

躲在云朵后面

不让人看见她的真容

2

藏南的情诗

被仓央嘉措写尽了

只剩下一茬茬沉默的情人

3

林芝四月桃花开

姑娘唱着情歌

等你来

4

山顶上的那朵祥云

请你帮我看一看

我的心上人来了没

5

天上云

地上花

远远奔来一匹马

6

我想跟雪山商量

能不能让我骑上

去追赶错过的姑娘

7

白云搂着山的腰

分外妖娆

山,感觉挺好

8

跑马的康巴汉子

俯身摘下一朵格桑花

才想起,心上人已经远嫁

9

真想用套马杆

套下那弯月亮

插在你的髻上

10

金银项链灯笼裙

牦牛嫁妆一大群

姑娘在等意中人

11

姑娘的花靴

每一步

都踩在阿哥的心上

12

神女峰上的太阳

像少女举着的红绣球

不知道要抛向哪里

13

八廓街羞怯的姑娘

你不要躲藏

出卖你的是身上的藏香

14

河水缠绕雪山

姑娘走走看看

怎不见心上人露面

15

独自旅行的姑娘

背囊里装着失恋的忧伤

或者,另一场爱情的渴望

甲午夏

酒 歌

高原的星星
伸手可以触摸
仿佛突然掉下一颗
点燃了牧人的篝火
惊醒野花朵朵
青稞酒里
飞出滚烫的情歌

高原的月亮

你在我的心里

注满夜雾与清光

让我时而迷茫

时而明亮

你到底要怎样

请别让我寂寞忧伤

不过,我要谢谢你

时隐时现的月亮

你让我看见了爱人的模样

酥油灯

深夜的酥油灯

摇曳不定

无声的叹息

刺红了夜的眼睛

年轻的姑娘啊

还没入睡

在为心上人垂泪

等风来

云朵坐在山冈上

等风来

反复往来的风啊

就像投送快递的姑娘

可是今天

她却迟迟不来

等得云朵心慌

其实也没什么事儿

就想捎句话儿去远方

情歌

牧羊的卓玛

朝着远处的雪山

唱起一支情歌

歌声坠落在草地上

被躺在那里的边巴

悄悄收藏

细雨中的花

是谁窃去了花的微笑

让她泪水涟涟

在细雨中凋零飘摇

你瞧,街角左旋柳树下

那个少妇正在低声哭号

群山之巅

群山之巅

祥云擦亮神鹰的翅膀

我的心儿飞翔

朝着爱人所在的地方

雪山上的卓玛

那年初夏

雪还未融化

我们半夜迷了路

月光把我们领到你家

你,阿爸和阿妈

风干的牛肉

喷香的糌粑

滚烫的酥油茶

那时你才十四岁

可是你的一双小手

粗糙得令人惊讶

那是挤羊奶搓牛绳

留下的伤疤

你捅火炉的手

你拿牛粪饼的手

你递酥油茶的手

你藏在邦典下的手

揪得我心疼

而你美丽的大眼睛

羞涩,机灵

比月光还要澄明

十年后的盛夏

我路过你家

你坐在门前的月光下

身旁依偎着一个小女娃

睁大乌黑的大眼睛

怯生生地啃着手指甲

月光下的你,不再年轻

沧桑早已爬上了面颊

我问你,这女娃叫啥

你说,也叫卓玛

其布和拉姆

藏北的黄昏

刚刚送走狂风

雪花便开始飞舞

我拉着你们的小手

在无树的街道上行走

你们的小手冰凉

上面有陈旧的冻疮

我蹲下来对你们说

从今天起

你们不再是孤儿

我就是你们的爸爸

其布仰头看着拉姆

拉姆使劲抿着嘴

黑亮的眼睛里

无声滚下几颗泪珠

高原新娘

昨日你是新娘

今夜独守空房

我无情地带走了蜜月

留给你难言的忧伤

心爱的人啊

不是我铁石心肠

我是一个兵啊

军号吹响

我必须奔赴边疆

一腔相思

天各一方

高高的山冈上

孤寂在夜空中飘荡

我的思念无处安放

山坡上没有玫瑰

只有格桑花静静开放

我好想摘一朵

悄悄放在你泪湿的枕旁

滄海

舟活

在路上

一路上

重峦叠嶂

花红草黄

天高云低

无限风光

可我无心欣赏

心里一直想着

路那头等我的新娘

欠你的，我慢慢还

这些年

我们离多聚少

还没品出爱的滋味

就已经老了

我们的爱情

没有轰轰烈烈

见了一次面

通了一年信

我从高原回去

你就跟我

从城里去乡下结婚了

父亲做的笨重衣柜

母亲织的粗布床单

你喜欢得不得了

你说这些新婚礼物

在城里想买也买不到

我问你嫁我图个啥

你说,就图你人好

这一晃,快三十年了

这些年

我走了六省边地

你独自持家苦熬

你说好男人志在四方

我有儿子陪伴就挺好

母亲去世时

你在灵前哭得晕倒

村里人都说

这个城里媳妇真好

母亲三周年忌日

我工作忙回去不了

你说，你安心工作

我替你为妈披麻戴孝

电话里

你总爱唠叨

我们年龄都不小了

你在高原

走路慢一点

熬夜少一点

心境淡一点

做事悠着点

身体比啥都重要

你喜欢锻炼

身体一向很好

即使感冒发烧

也从不吃药

更不向我抱怨唠叨

你在电话里哑着嗓子说

我扛几天就过去了

你在高原把自己照顾好

这一回

你的病不大不小

需要把有些隐患切掉

可我在西藏回不去啊

你走进手术室前

打电话对我说

放心吧，我不会有事

我先检修好自己的身体

等你退役了

我会把你照顾好

那一刻，我无语泪飙

爱是什么

爱是打电话问

吃得饱不饱

睡眠好不好

爱是提醒天冷了

该添一件夹袄

爱是忘了自己

只盼着另一半什么都好

爱是什么

爱是等我解甲归田了

我们相依相靠

一起慢慢变老

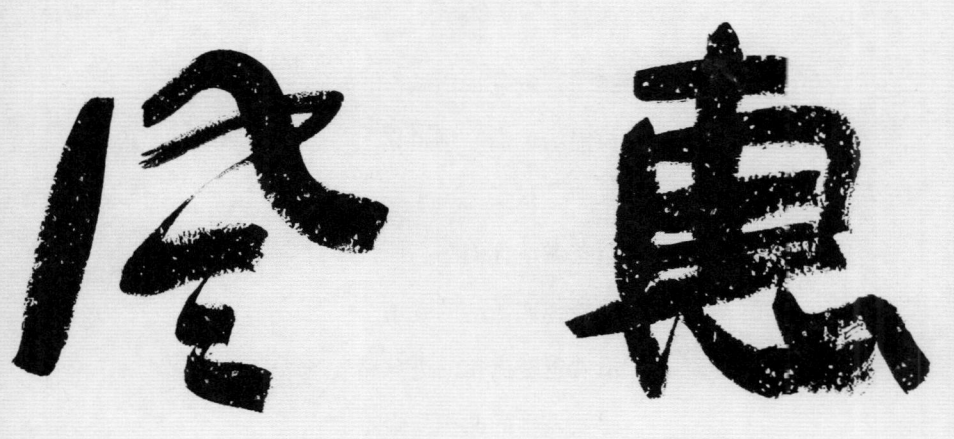

一场没有婚宴的婚礼

孩子,爸爸很抱歉

没能给你们一场婚宴

来吧,孩子

爸爸邀请你们来高原

捧着你们圣洁的爱情

沿着爸爸当年的进藏路

感受人生的曲折与艰难

经历了高原的风雨

爱情才会更加甘甜

布达拉的红墙

静默的神湖圣山

看见你们相依相伴

蓝天,白云

飞扬的五色经幡

见证你们的爱情誓言

这是何等的浪漫

什么是浪漫

浪漫不用金银镶边

而是把爱写在冰峰云端

给爱情高贵与尊严

谁说你们的婚礼简单

白云为你们披上婚纱

日月为你们点上红烛

飘飞的圣雪啊

是抛向你们的吉祥花

这是一场简约的婚礼

更是一次灵魂的洗礼

等你们读懂了高原

懂得了什么是苦

什么是甜

什么是责任与承担

什么是真正的爱恋

什么是幸福的源泉

你们的人生才会更加美满

让爱慢慢融化

1

我只想在你的土地上

种上三个字

我爱你

2

风儿吻过我

又千里迢迢去吻你

爱,就这样被传递

3

静夜里

月亮抚摸我

也抚摸远方的你

4

把滚烫的脸儿

贴在雪丘上

让爱慢慢融化

5

麋鹿迷路了

靠着心的触角

找到爱人的怀抱

6

我把心掏给你

爱与不爱

随你

7

雪原寂静

多想听一听

你的歌声

8

真想拉着你的手

在雪地上跑一跑

可你在天的另一角

9

背对你,假装睡着了

后来真的睡着了

第二天有些懊恼

10

你看你

削苹果的手

一直在抖

11

你为我

遮过雨的衣裳

至今穿在你身上

12

你一片一片

喂我吃的那个苹果

一直甜到我心窝

13

噢,那是什么

那是一本爱情字典

供你查找我生僻的名字

14

一个人走路

牵着月影

假装身边有你

15

你的唇

微张着

想说什么

16

你送给我墨镜

不让我看见

别的颜色

17

你来了

刚想去拥抱

梦就醒了

18

深夜等你的时候

哈欠连天

吹不灭怡悦的灯

19

你在书上

留下的那个吻

是爱的陷阱

甲午夏月

20

那个记忆里的亭子

听说你又去了一次

那棵桂花树还好吧

21

拐弯处的树荫下

留下我们俩

凌乱的脚印

22

半个月亮爬上来

另外那半个

被你的长发遮住

23

静静的野百合

遇到爱之火

也会燃烧

24

你噙着露水的眼睛

睁开来，闪烁着

扑不灭的爱火

25

想你时

一缕阳光

从心头穿过

26

你的单纯

是你的防护衣

也是俘获我的武器

27

即使窗外鸟儿啾鸣

我也不想醒来

只想偎着你的脖颈

28

你静默的温柔

不像是月光

倒像是一江春水

29

你的颜色

不浓不淡

刚刚好

30

你的话淋在我心上

如同春雨

洒在解冻的土地上

31

你洁净的心

如一盏明灯

照亮我的夜

32

我把星星关在窗外

扭头才发现

屋里藏着一轮月亮

33

有些话

不能随便说

说了,就随便了

34

抿紧唇

忍住不笑

怕爱情跑掉

35

说是偶尔想起

其实那是骗你

你一直都在我心底

第四辑

故乡在东我在西

母亲

母亲睡着了

遥祭母亲

乡愁

今天,我该给谁打电话

故乡在东我在西

怀里揣着万斛山

三言两语

母亲

夜半,或是凌晨
母亲摸进我的屋门
手里端着一杯温水
轻声对我说
咳嗽咋还没好
喝口水,压压吧

我睁开眼睛
半天才想起
母亲已经走了很久
我咳嗽了两声
喝下了自己的泪水

母亲睡着了

1

织布机,咔嗒咔嗒

将母亲的黑发

织成了白发

2

母亲弯着腰

站在染布缸旁

将白天染成了黑夜

3

母亲在捶布石上

一下,一下

砸碎了所有的苦日子

4

饥荒年月

母亲最爱说的谎话是

你先吃，我不饿

5

小时候

总嫌母亲做的布鞋土

可现在，想穿也没有

6

母亲

遍体鳞伤

送我去远方

7

世界再大

在母亲眼里

满世界都是我

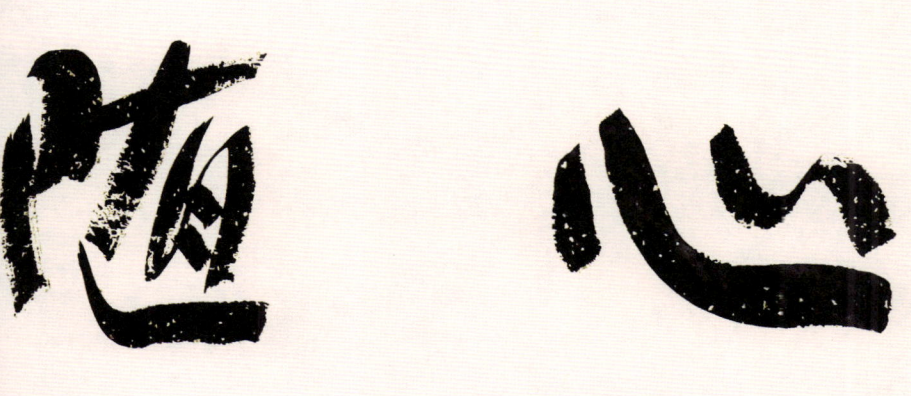

8

母亲睡着了

我面朝黄土

轻喊一声,娘

遥祭母亲

妈妈,西藏下雪了
您那里下了吗
西藏的雪很大啊
被寒风大把大把地抛撒
仿佛千万个卓玛
凌空抛下无数的哈达
妈妈,您可知道
这是高原最圣洁的表达
满天飞舞的雪啊
每一片都闪动着晶莹的泪花
那是儿子千万个悔恨与牵挂
妈妈,您在天堂能看见吗

坚强隐忍的妈妈

十年前,您病了

您把苦根深埋在微笑之下

没说过一句痛苦埋怨的话

三年前,您走了

把忧伤种在了我沧桑的面颊

从此,我的天空不再晴朗

即使日出也会有泪雨飘洒

妈妈,您病了

我回家还能搂着糊涂的您

亲亲地叫一声"妈"

妈妈,您走了

我想再叫一声"妈"

这个世界上

再也没有人应答

妈妈,您走的那天清早

您对父亲嘟囔说

打电话叫娃回来吧

我想娃啦

遊天

鶡雲

父亲没有在意您的话

以为您跟往常一样糊涂唠叨

可怜的妈妈

您就这样遗憾地走了

一步三回头啊

恋恋不舍地跨过了阴阳桥

冬雨淋湿的桥下

流淌着您思儿的泪水

通往天堂的路上

洒满您一生的辛劳

天堂里的妈妈

今天是您的三周年祭日

可我不能回家

我只能朝着故乡的方向

长跪在西藏的雪地上

向您祭拜，请您原谅

可能有人会说我不孝

可是妈妈我知道

您不会怨我

母子连心,您最懂我

当兵临走时您对我说

别想家

别牵挂妈妈

你干出了名堂

妈妈脸上才有光

吃糠咽菜也觉得香

百善孝为先

忠孝两难全

什么是孝

您说,顺就是孝

什么是顺

您说,听妈的话

当一个好兵

儿子始终牢记您的话

爬冰卧雪

九死一生

边关明月可以做证

父亲说，每次接到军功章

您都会流着泪说

这是娃用命换来的啊

娃没有辜负我

娃是一个好兵

离家三十六年

儿子陪您的时间加起来

还不到两年

您的思念被岁月越拉越长

无言的母爱里

闪烁着期盼的泪光

儿子还没有来得及好好看您

转眼您已白发苍苍

只有那十三枚军功章

默默地陪伴在您的身旁

勤劳俭朴的妈妈

小时候家里经济紧张

为了我们四个能进学堂

您整夜整夜地给人缝衣裳

一件衣裳只挣五毛钱啊

可那针针线线里

缝进了您望子成龙的梦想

寒冬腊月，煤油灯下

您踩着那架老缝纫机

不停地忙呀忙

门槛下钻进来的寒风

吹得您手脚冰凉

疲劳不堪的您一丢盹

无情的钢针洞穿了食指

鲜血无声滴落

染红了启明星的眼睛

您咬着手指

硬是一声没吭

那时，我们正躺在热炕上

做着温馨的梦

十年前的那个春节

父亲突然打来电话

说您糊涂了

谁也不认识了

却一遍遍呼唤我的名字

问我回来了没有

可怜的妈妈

这都怪我啊

听说我要回家过年

您高兴得彻夜不眠

早早拆洗了被褥

早早磨好了白面

早早蒸好了馒头

早早打扫了房间

可我却突然接到任务

不能回家去看您

可怜的妈妈

您站在村头老槐树下

朝着儿子回来的方向

浮雲

仙得

固执地翘首张望

一连三天啊

您把自己站成了一棵树

在寒峭朔风中瑟瑟颤抖

三十晚上的鞭炮声

把您从痴迷中惊醒

您轻叹一声

跟跟跄跄朝家走

一步一步

踩碎了巷道里的欢闹

踩碎了自己空寂的心

那个大年三十的晚上

您的泪水找不到堤口

只能倒流进胸腔

无处倾泻的失望与悲伤

在您的心里掀起狂涛巨浪

从此,您变得痴呆癫狂

妈妈,您糊涂了

却为何每天都要看天气预报

而且只盯着儿子驻守的地方

妈妈，您糊涂了

却为何见到久别的儿子

死死拉着手不放

呆滞的眼里闪着斑斑泪光

您已经忘记了儿子的名字

却还记得儿子的模样

妈妈，您糊涂了

却为何在儿子离开时

会从后面抱住儿子的腰

一步步挪向门口

一声声哀求

别走，别走

神志不清的妈妈啊

那时可怜得像个孩子

让儿子泪水长流

可是妈妈，军令如山

儿子只能丢下孤独的您

奔向军号响起的地方

善良仁慈的妈妈

您常教育我们说

做事要吃苦

做人要吃亏

做官要干净

欠啥也别欠良心账

您还说

众人里面有能人

众人嘴里出圣人

不要看不起别人

更不要欺负穷人

能帮人时多帮人

能饶人处且饶人

这些话

已经成为我们的家训

我们将永远铭记在心

论道

道可道 非常道

三西堂主 益民

如今，儿子已鬓染雪霜

我们在离天最近的地方

将自己站成了钢铁诗行

天堂里的妈妈

漫天浩雪

是儿子向您的献祭

长风呼号

是儿子哭您的悲声

儿子驻守在高原边疆

将忠诚与使命

镌刻在圣洁的冰峰之上

安息吧，妈妈

在离天最近的地方

儿子感受到了您慈爱的目光

乡 愁

如今的乡愁啊

不是一枚小小的邮票

而是一部智能手机

手机里有故乡的人

故乡的事

故乡的山水

故乡的天气预报

乡愁很近

只隔着一层屏幕

乡愁很远

听得见,看得见

却怎么也摸不着

錫祜

抱篤

今天，我该给谁打电话

今天是母亲节

我拿起手机

一时茫然

不知该给谁打电话

母亲走了

大妈走了

二妈走了

姨妈走了

舅妈走了

就在半个月前

岳母顶着一头白发

也一声不吭地走了

她们都走了

好像约好了

去另一个世界旅游

可我知道

她们买的是单程票

从此，这个世界上

再也没有一个人

可以让我叫一声"妈"

高原春来迟

后院的梨花开过了

一片片飘落时

不像是高原的飞雪

更像是母亲凋零的白发

高处不胜寒啊

天堂的春天来得晚

桃花梨花都开了吧

妈妈们

你们相约去踏青吧

去闻闻花香

听听青鸟的歌声

青鸟会带去我的问候

你们哪个听见了

就告诉其他妈妈

就说，我想妈妈了

故乡在东我在西

1

穿堂风

趁我发呆时

推开了思乡的门

2

故乡在东我在西

中间隔着

一场梦的距离

3

村头的柿树红了

娘坟头的草黄了

游子的头发白了

観道

懷澄

4

冬天上学时

娘塞给我一个热红苕

说,暖暖手再吃

5

娘拉着小山似的麦垛

身子快要贴在地上

汗水砸在我的心上

6

那架老织布机

一口一口

吞没了娘的日子

7

村口那块光滑的石头上

不知道坐过多少

盼儿的娘

8

野兔从麦地跑过

麦苗们惊讶地

往后一躲

9

人生，来去都是哭

来时，自己哭自己

去时，别人哭你

萬物

怀里揣着万斛山

1

走过万水千山

怀里一直揣着

故乡的万斛山

2

万斛山的石头硬

从山里走出来的男人

比石头还硬

3

万斛山的荆条长

夜里编成筐

装满稚嫩的梦想

4

万斛山上的清泉

漂着几粒羊粪蛋

喝着也甘甜

5

万斛山上的药材

是穷娃娃的学费

蜡笔与球鞋

6

小时候

藏在鸡窝里的鸟蛋

不知有没有孵出小鸟

7

挂在树上的弹弓

不知道

惊飞了多少鸟儿

8

很久以前

种在山坡上的桃核

不知后来是否长成了树

9

遇见故乡的陌生人

听着熟悉的乡音

真想搭讪几句

10

山下的那条铁路

根根枕木都在挽留

别走，别走，别走

11

高原上的风

刮跑了旷野的石头

刮不走心头的乡愁

12

跨过了沟沟坎坎

好想坐在老屋的门槛上

缓缓抽一袋烟

13

累了

想去看看大海

可大海,比我还累

三言两语

1

年轻的时候

被一个女孩爱上

然后,就没有了然后

2

当年,嫁给你多好

好汉不提当年勇

好女不提昔日红

3

本来是那样

后来成这样

呵呵,少来

如水

静心

4

人老了

一切都在松动

唯有习惯雷打不动

5

梦里梦见

正在做梦

这梦好深

6

孩子不捅娄子

那就不叫孩子

7

写诗,不是为了写诗

简单,是因为不会复杂

第五辑

捡拾生活的碎片

完美

敌人

给予

莫奈的无奈

小说家、诗人及其他

拉萨桃花

祭母文

两棵老树

秋千兽

山野桃花

古词三首

伤感

完美

世界上有美

但没有完美

对你来说是完美

对别人来说，未必

从这个角度看是完美

从另一个角度看，未必

敌人

什么是敌人

就是用另一种方式

不断激励你的人

以敌为师

是一种睿智

更何况

没有永远的敌人

只有永远的利益

给 予

有时候

给予是一种帮助

有时候

给予是一种伤害

有时候

给予是一种纵容

有时候

给予会培养仇人

莫奈的无奈

你单枪匹马

在光影里穿梭

你坐在干草堆上

独自咀嚼苦涩

那一轮旭日

开创了印象先河

穿绿衣的女人

过早地离你而去

你却把她画成一首

永恒的情歌

小说家、诗人及其他

小说家是一场盛宴的主人
用一只魔幻的手
点燃读者心中一根根蜡烛

诗人胸中装满激情
以及火山一样的愤怒
喷发时会让世界颤抖

散文家拎着一瓶散装的酒
在自己的一亩三分地里
沿着记忆的犁沟游走

至于我嘛,啥也不是
凭着兴趣写写画画
有一搭,没一搭

拉萨桃花

长安四月青如盖,
拉萨桃花始盛开。
万里江山望不尽,
边关春日几时来。

祭母文

清明凝目望秦地，
一纸飞书寄思情。
八丈祭文皆是泪，
化为细雨洒坟茔。

两棵老树

相爱简单相守难,

功名利禄似云烟。

纵然叶去花零落,

携手盘根度百年。

秋千女

秋千架下无观众，

独自翻飞一点红。

少女心思谁晓得，

流云不语问清风。

山野桃花

山野有人家,
春风弄桃花。
人面年年老,
桃花岁岁发。

古灯首

千年高举一灯首,
没有灯芯亦无油。
昔日飞蛾曾扑火,
如今彩蝶戏无忧。

偶 感

半生岁月染戎装，

六省边地当故乡。

东奔西走风为马，

南征北战笔作枪。